KB208016

[마음시툰]

너무 애쓰지 말고

글·그림 앵무
시 선정 박성우

창비

앵무의 말

　음식 중에는 라면처럼 후루룩 넘기며 재빨리 배를 불리는 것도 있지만, 적은 양을 천천히 음미해 봐야 그 맛을 알 수 있는 것도 있습니다. 문학도 비슷한 것 같습니다. 제 생각에 시는 문학 중에 가장 짧지만, 도리어 가장 천천히 읽어야 하는 갈래입니다.

　그러나 우리의 하루하루는 항상 바쁩니다. 경쟁도 치열하고, 그 속에서 성과도 내야 합니다. 그러다 보니 시를 맛보기 위해 입안에 넣고 천천히, 한동안 우물우물 곱씹어 보는 시간과 여유를 만들기가 쉽진 않은 것 같습니다.

　하지만 그런 가운데서도 시는 여전히 살아 있습니다. 특히 '마음을 울리는 시' 하나를 만난 사람에게는 꽤나 적극적으로 살아남는 것 같습니다. 누군가에게 이 만화가 '마음을 울리는 시' 하나를 만나는 계기가 될 수 있다면 더할 나위 없이 좋겠습니다.

　좋은 기획을 제안해 주신 창비교육과 김현정 편집자님께 감사의 말씀을 드립니다. 또한 이 작품을 만드는 데 큰 도움을 준 아내에게 항상 고맙다는 말을 하고 싶습니다.

박성우의 말

　자두에는 자두꽃 냄새가 들어 있고 사과에는 사과꽃 냄새가 스며 있다. 고유한 향기는 어느 날 갑자기 생겨나지 않는다. 자두는 자두꽃을 피우던 시절부터 자두 냄새를 키워 왔고, 사과는 사과꽃을 피우던 시절부터 사과 냄새를 늘려 왔다. 자신만의 냄새를 몸 안으로 들이며 하루하루 익어 갔다. 자두를 만진 손에서 자두 냄새가 난다. 사과를 만진 손에서 사과 냄새가 난다. 향기롭다는 것은 어렴풋하게나마 어떻게 살아가야 할지를 알아 간다는 것. 시에 닿은 마음 안쪽으로 삶의 향기가 스며 번진다.

　숨을 최대한 깊고 길게 들이마시며 지금을 기록해 두어야 할까, 우리는 모두 자신만 모르는 향기를 만들어 가고 있다는 것을 앵무 작가의 「너무 애쓰지 말고」는 보여 주고 있다. 이렇듯 새롭고 특별한 여운이라니, 시는 언제나 우리 곁에 바짝 다가와 있었다는 것에 새삼 놀라며, 용기 있고 가치 있는 아름다운 삶에 대해 오래 생각한다. 앵무 작가가 흥미진진한 이야기와 그림으로 펼쳐 보여 주는 시에 들어 오래오래 설레면서 근사하고도 향기로운 날들을 열어 가도 좋겠다.

차례

등장인물 소개

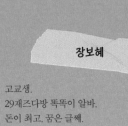

장보혜

고교생.
29재즈다방 똑똑이 알바.
돈이 최고. 꿈은 글쎄.

"사장님,
시의 매력이
뭐예요?"

"시라고?
그거 괜히 시간만 잡아
먹는 거 아니니?"

조은주

고교생, 보혜 친구.

황희찬

보혜 담임 선생님.

이금희

보혜 어머니.

"음...
일단은 짧아서
좋지?"

김영길

29재즈다방 사장.
낭만을 찾는 디제이.
재즈, 시, 커피 덕후.

"아버지, 당신은
부자일진 몰라도 너무
차가워요."

"포기하지 않으면
좋은 일이 생길지도 모른다는 걸
보혜 씨한테 보여 줘요."

김철환

영길 아버지.

정혜원

영길의 맞선 상대자.

29재즈다방 단골손님

이름은 안 나오지만
주요 인물.

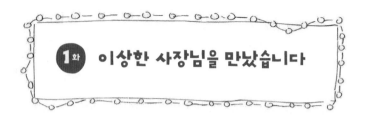

1화 이상한 사장님을 만났습니다

… 여기 맞나?

?

뭔가 엄청…

묘하게 촌스러운데?

요즘 시대에 다방이라니…♡

제가 이곳에 오게 된 이유는 이렇습니다.

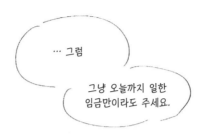

이런 사연으로 오게 된 곳인데요. 왠지 이름부터 수상쩍더니만

이곳 역시 범상치 않을 듯한 기운이….

장석주

「대추 한 알」

저게 저절로
붉어질 리는 없다.

저 안에 태풍 몇 개
저 안에 천둥 몇 개
저 안에 벼락 몇 개

저게

저 혼자
둥글어질 리는 없다.

022

저 안에

무서리 내리는
몇 밤

저 안에
땡볕 두어 달

…?

저 안에
초승달 몇 낱

어떠셨나요,
여러분?

이상한 사장님을 만났습니다.

대추 한 알

장
석
주

저게 저절로 붉어질 리는 없다.
저 안에 태풍 몇 개
저 안에 천둥 몇 개
저 안에 벼락 몇 개

저게 저 혼자 둥글어질 리는 없다.
저 안에 무서리 내리는 몇 밤
저 안에 땡볕 두어 달
저 안에 초승달 몇 낱

질문

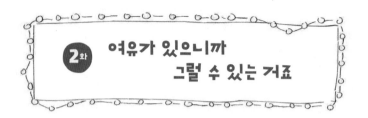

2화

여유가 있으니까
그럴 수 있는 거죠

29재즈다방.

작년에
차린 곳이죠.
스물아홉 살에.
그래서 가게 이름도
'29재즈다방'입니다.

그러니까 지금은 서른 살이지요.

재즈를 들으며 커피를 마시고, 책도 볼 수 있게 만들었는데
제 취향이 한껏 묻어 있죠.

사실 수익을 크게 올릴 거라고
기대하지는 않았어요.

그냥 좋아하는 재즈와 책에 둘러싸인 채
먹고살 만큼만 벌면 좋겠단 생각이었죠.

그래서 손님이 없으면 여유로워서 좋긴 했지만,

사실 조금씩 불안해지던 참이었어요.

그런데 언젠가부터

손님이 애매하게 늘었어요.

수익이 쪄끔 늘긴 했는데,
그만큼 너~무 바빠졌어요.

그러다 보니
재즈 리스트를
선곡할 시간도,

좋아하는 시를
읽을 시간도 없어졌어요.

하루가
너무 정신없이
휙휙 지나가
버려.

손님이
오는 건 물론
기쁘지만….

근데 적자 나진 않으려나~?

그리고  요상한 아이
한 명을 만나게 됐어요.

저보다 일을 훨~씬 잘해요.

보혜가 오고 나서 적어도 한두 시간은
마음에 여유가 생겼습니다.

...
우아!

보혜야,
청소 잠깐
안 해도 되니까
이리 와 봐!

이 나무 좀 봐 봐.
진짜 예쁘지!

얼마 전까지 벚꽃이
피는가 싶더니,

어느새 다 지고
잎이 나기 시작했어!

네, 뭐…
그러네요.

이거 보니까
그 시조 생각난다.

「이화에
월백하고」.

혹시
읽어 본 적
있어?

네?
아뇨.

이조년이란
사람이 쓴 작품인데

배꽃 뒤에 달이
걸려 있는 모습을
보면서 봄을
노래한 거야.

배꽃이 한자로
'이화'거든.
이화여대 할 때
그 이화.

물론 이건
배꽃나무가 아니라
벚꽃나무이긴
하지만 말야.

아~

근데 그거 쓴 사람,
혹시 선비 아니었어요?

응?

선비쯤 되니
여유가 있어서
그런 한가한 소리를
할 수 있었던 거죠.

자질구레한 일들은
밑에 하인들이
다 해 줬을 테고.

지금 그렇게 살았다간,
먹고살기 힘들걸요?

하루하루 할 일
하기도 바쁜데.

어… 이런
식으로는 생각
못 했는데….

하긴…
그럴 수도?!

이야~
다시 봐도
예쁘다.

선비쯤 되니
여유가 있어서
그런 한가한 소리를
할 수 있었던 거죠.

자질구레한 일들은
밑에 하인들이
다 해 줬을 테고.

이화에 월백하고

이
조
년

이화에 월백하고 은한이 삼경인 제
일지춘심을 자규야 알랴마는
다정도 병인 양하여 잠 못 들어 하노라

(현대어 풀이)

배꽃에 달이 환하게 비치고 은하수는 자정을 알리는 때에
배나무 가지에 어려 있는 봄날의 정서를 두견새가 알고서 우
는 것이랴마는
정이 많은 것도 병인 듯싶어 잠을 이루지 못하노라

모르는 척

보혜야, 앞으로는 중간에 30분 정도 편하게 쉬었다 일해~!

나가서 산책을 하든, 뭘 하든 전혀 상관없으니까~

너도 쉬는 시간이 필요하잖아~

… 사장님, 근데 4시간 일하면 중간에 30분 이상 쉬게 해 주는 게 원래 법이에요.

… 라고 말하고 싶지만….

… 그냥 모르는 척하자.

고맙습니다.

왠지 먹고살기 힘들다고 생각하는 보혜입니다.

3화 껍데기는 가라고 외쳐 봤자

딩동 댕동-

아오-
진짜 싫어!

은주는 아까 경희 앞에서는 웃으면서 맞장구를 쳤습니다.

이해합니다.

나도 그러니까요.

안 그럴 수가 없어요, 학교생활에서는.

잘 가~

응, 너도~

친구와의 관계에서도,

우리 조 수행 평가로 UCC 만들기 해야 하잖아.

싫으면서, 겉으론 좋다고 합니다.

나도 마찬가지고요.

맞습니다.

'학교생활'을
요약하자면,
결국 관계의
연속입니다.

사실 공부하는 것보다,
이런 게 훨씬 힘이 듭니다.

자, 신동엽 시인의 「껍데기는 가라」.

다들 잘 읽었지?

〳 네 에 〜〜〵

〈껍데기는 가라〉

이 시에서 '껍데기'는 말 그대로

속 알맹이랑은 다른, '껍질'을 말하는 거다.

진짜가 아닌 것들 말이야.

시가 쓰인 당시의 시대상을 생각하면

민중의 순수함을 가리는 이념이나, 부패, 독재 권력 등을 뜻한다고 할 수 있지만,

넓게 보면 가식이나 겉치레 같은 것들까지 포함할 수 있겠지.

그런 껍데기들은 전부 가 버리라고.

시인은 말하고 있는 거야.

껍데기라.

적절한 말로
설명 못 했는데,
바로 이겁니다.

우리들한텐 껍데기가 있습니다.

있어야만 합니다. 학교생활을 하려면.

껍데기는 가라, 껍데기는 가라.

아무리 외쳐 봤자,

사실은 그럴 수가 없는 것입니다.

이 시에서
시인이 바랐던
모습만큼…

우리들과
동떨어진 것도
아마 없을 거야.

자, 오늘 수업은
여기까지~

껍데기는 가라

신
동
엽

껍데기는 가라.
사월도 알맹이만 남고
껍데기는 가라.

껍데기는 가라.
동학년 곰나루의, 그 아우성만 살고
껍데기는 가라.

그리하여, 다시
껍데기는 가라.
이곳에선, 두 가슴과 그곳까지 내 논
아사달 아사녀가
중립의 초례청 앞에 서서
부끄럼 빛내며
맞절할지니

껍데기는 가라.
한라에서 백두까지
향그러운 흙가슴만 남고
그, 모오든 쇠붙이는 가라.

알맹이와 껍데기

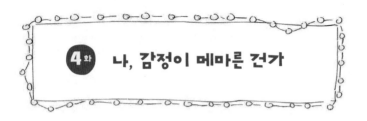

4화 나, 감정이 메마른 건가

사장님, 아까부터 뭐 하세요?

사장님이 하는 일 중에 이해하기 어려운 것이 정말 많지만

가장 이상한 건
지금 준비하고 있는
'시 읽어 주는 남자'
코너입니다.

시를 선정해서
하루에 한 번씩
낭독해 주는 건데요,

반응은… 뭐 그닥이에요.

자기야, 나가자.
오글거려서 더는
못 듣겠어···.

음. 가게 분위기는
좋은데 말이지.

······.

거의 한 시간째
이러고 있군···.

저기, 사장님.

몰

입

차라리
이 시간에

블로그나
인스타 같은
SNS를 관리하는 게
낫지 않을까요?

박목월,

「사투리」.

우리 고장에서는

오빠를
오라베라 했다.

그 무뚝뚝하고
왁살스러운 악센트로

오오라베 부르면

나는 앞이 칵
막히도록 좋았다.

나는 머루처럼
투명한

밤하늘을
사랑했다.

그리고 오디가
샛까만 뽕나무를
사랑했다.

혹은 울타리
섶에 피는 이슬마꽃
같은 것을……

그런 것은
나무나 하늘이나
꽃이기보다

내 고장의
그 사투리라
싶었다.

이런 걸 뭐 하러
하는 걸까?

참말로 경상도
사투리에는

약간 풀 냄새가 난다.
약간 이슬 냄새가 난다.

어차피 아무도
안 듣고 있잖아?

하하

그리고
입안이 마르는

황토 흙 타는
냄새가 난다.

휴우… 보혜야. 시원한 아메리카노 하나 만들어 줄래?

네.

저, 사장님.

엇, 네.

뭐 필요한 거 있으세요?

아뇨. 그런 건 아니고요,

고향 생각이
많이 나더라고요.

오늘은

돌아가는 길에
고향 집에 전화
한번 해야겠어요.

제 고향은
시에서처럼 경상도는
아니지만요.

네~ 슬슬 들어가시게요?

같은 시를 들고도,

난 아저씨 같은 생각은 들지 않았는데.

시 낭독을 마지막으로
들었던 때가 언제인지
기억도 안 나는데
말이죠.

시 낭독이라면,
내가 훨씬 자주
듣는데 말이지.

문학 시간에.

사투리

박
목
월

우리 고장에서는
오빠를
오라베라 했다.
그 무뚝뚝하고 왁살스러운 악센트로
오오라베 부르면
나는
앞이 칵 막히도록 좋았다.

나는 머루처럼 투명한
밤하늘을 사랑했다.
그리고 오디가 샛까만
뽕나무를 사랑했다.
혹은 울타리 섶에 피는
이슬마꽃 같은 것을⋯⋯
그런 것은
나무나 하늘이나 꽃이기보다
내 고장의 그 사투리라 싶었다.

참말로
경상도 사투리에는
약간 풀 냄새가 난다.
약간 이슬 냄새가 난다.
그리고 입안이 마르는
황토 흙 타는 냄새가 난다.

할 건 좀 하면서

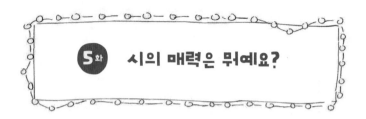

5화 시의 매력은 뭐예요?

오늘 수업은
여기까지~

그리고 저번에
얘기했던
시 창작 과제,

다음 주까지
내야 하는 거,
다들 기억하지?

생각해 보면

은근히 주변에서 많이 보이네.

육교 간판에도 있고.

그리고 보니 지하철
스크린 도어에도
붙어 있었어.

하긴 뭐, 우리 사장님도 좋아하니까.

빵-

부우웅-

매력이
뭔지 잘
모르겠는데.

학교를 졸업하고 바로 회사에 취직했거든?

광고 쪽 회사였는데,

회사 모토가
'다른 회사보다
더 싸게, 더 빨리'
였어.

그래야만
살아남을 수 있다고.

그러다 보니 야근은 기본이고,

집에 가서 잠을 자려고 누워도
머리는 계속 일 생각을 하는거지.

거기에 계속되는 마감 마감 마감….

그러다 어느 날

화장실에서 세수하다가 거울을 딱 봤는데

내가 문득 다른 사람처럼 느껴지는 거야.

거울 속에 비친 내가 정말 내가 맞나 싶고,

한편으론 불쌍하게도 보이고 말야.

그러다가 서점에서 우연히 「거울」이란 시를 보게 됐지.

거기 보면

'거울 속의 나는
참 나와는 반대요마는,
또 꽤 닮았소.'

라는 구절이
나오거든.

그 모습이

거울 속의 내 모습을 혐오하면서도,

또 동시에 선택하고 있는 나와 너무 똑같은 거야.

내 마음하고
딱 맞는
시를 만나면,
등에 소름이
돋거든.

거울

이
상

거울속에는소리가없소
저렇게까지조용한세상은참없을것이오
◇
거울속에도 내게 귀가 있소
내말을못알아듣는딱한귀가두개나있소
◇
거울속의나는왼손잡이오
내악수를받을줄모르는—악수를모르는왼손잡이오
◇
거울때문에나는거울속의나를만져보지를못하는구료마는
거울아니었던들내가어찌거울속의나를만나보기만이라도했겠소
◇
나는지금거울을안가졌소마는거울속에는늘거울속의내가있소
잘은모르지만외로된사업에골몰할게요
◇
거울속의나는참나와는반대요마는
또꽤닮았소
나는거울속의나를근심하고진찰할수없으니퍽섭섭하오

은주가 잘하고 싶은 것

"시란 진심에서 우러나와야 하는 것이니까!"

국어 쌤.

역시 비슷해.

수학 쌤.

"이 등식 밑줄 쫙! 돼지 꼬리 뿅뿅!"

홱!

아, 이건 인정! ㅋㅋ

마지막으로 장보혜.

홱!

… 뭐?

어때?

약간 무심한 표정이 포인트인데.

……

… 하나도 안 비슷해.

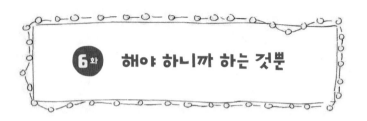

6화 해야 하니까 하는 것뿐

글자 수를 맞춘다든지.

라임처럼 운율 같은 것도 좀 느껴지게 하고요.

왜, 시들 보면 항상 들어 있는 것들 있잖아요.

어… 글쎄….

음…….

보혜야, 그냥…

그치만…

'어떤 형식으로 써야지',
'이런 걸 드러내야지'
하고 딱 정해 놓으면…

시 쓰는 재미가
점점 없어지지
않을까?

뭐든 생각했던 대로
흘러가기보단

그렇지 않는 경우가
더 많을 텐데 말야.

104

혹시 이상이 쓴 「가정」이라는 시, 읽어 봤어?

음… 아뇨.

나중에 기회 있으면 한번 읽어 봐.

우리가 일반적으로 아는 시하곤 많이 다르니까.

띄어쓰기도 안 되어 있고,

시인데도 어딘가 산문 같은 느낌도 나.

에…

시 맞아요?

그치만,

오히려 그런 점이 더 독특하고 좋은 느낌을 주거든.

그러니까 너무 애써서 그럴듯하게 보이려 하지 말고,

그냥 마음 내키는 대로 편하게 써 봐.

정 내키지 않으면 아예 안 써 버릴 수도 있는 거고 말야.

안 돼요, 그건.

제때 못 내면 점수를 못 받는다니 안 할 수도 없고….

맞아요.

써야 하니까 쓰는 것뿐이죠.

그것도 잘.

… 힘내!

화이팅

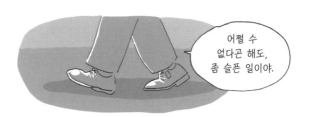

어쩔 수
없다곤 해도,
좀 슬픈 일이야.

다른 건 몰라도
시만큼은,

조금 더 내키는 대로
써도 좋을 텐데.

당장 시인이
되어야 하는 것도
아닌데 말야.

아무래도 점수가 걸려 있는 이상,
그런 식으로는 무리려나?

어떤 목적을 가지고 '잘'하려고 하는 건
나쁜 게 전혀 아니지만

뭐든지 그렇게
하려고 하니까

그냥 '하는' 자체를
즐기지 못하게 되는
걸지도?

하긴, 나도
다를 바 없나?

긁적...

그래. 당장
결혼해야 하는 것도
아닌데, 뭐.

그냥 흘러가는 대로
이 시간을 즐겨 보자.

안녕하세요.
처음 뵙겠습니다.
김영길이라고 합니다.

정혜원이에요.
부모님께
말씀 많이 들었어요~

가정

이
상

문을암만잡아당겨도안열리는것은안에생활이모자라는까닭
이다. 밤이사나운꾸지람으로나를조른다. 나는우리집내문패
앞에서여간성가신게아니다. 나는밤속에들어서서제웅처럼자
꾸만감해간다. 식구야봉한창호어데라도한구석터놓아다고내
가수입되어들어가야하지않나. 지붕에서리가내리고뾰족한데
는침처럼월광이묻었다. 우리집이앓나보다그리고누가힘에겨
운도장을찍나보다. 수명을헐어서전당잡히나보다. 나는그냥
문고리에쇠사슬늘어지듯매어달렸다. 문을열려고안열리는문
을열려고.

시란 도대체…

이상 시인의 시를
읽어 보라고 했지.

타닥
타닥

「가정」

문을암만잡아당겨도안열리는것은안에생활이모자라는
까닭이다 밤이사나운꾸지람으로나를조른다 나는
내문패앞에서여간성가신게아니다 나는밤속에
제웅처럼꾸만감해간다 식구야봉한창호어데
놓아다고내가수입되어들어와야하지않나 지붕
꽉꽉한데는침처럼철썩 였다 우리집이앓니
누가힘에겨운도장을꽉눌나보다 수명을헐어서전
우리들

진짜 띄어쓰기가
안 되어 있네. ;;

「오감도 시제 4호」

123456789 0·
1234567 8·9 0
123456 7·890
12345 6·7890
1234·567890
123·4567890
12·34567890
1·234567890
·1234567890

??? 으음…???
이건…….

시…

점점 더
어려워지네….

끄으….

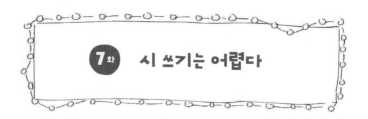

7화 시 쓰기는 어렵다

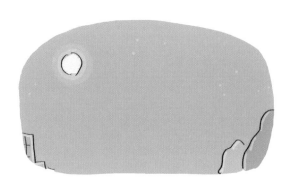

내가 너무
지레 걱정했나?

휴우~

부담을
덜어 내고
얘기했더니

생각보다 대화가
꽤 재밌었어.

다녀왔습니다.

어서 오렴.

왔구나.

잘했냐?

너무 잘하라고 하지 마세요, 아버지.

그냥 흘러가는 대로 할 거예요.

후….

얼른 돈을
갚아 버리든
해야지 원….

그나저나
나는 어떻게든
넘겼는데,

보혜는
시 잘 쓰고 있을까
모르겠네.

「쉽게 씌어진 시」라….

125

창밖에 밤비가
속살거려

육첩방은
남의 나라,

시인이란 슬픈
천명인 줄 알면서도

한 줄 시를 적어 볼까,

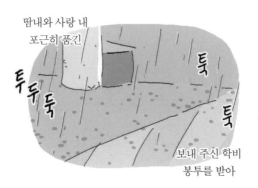

땀내와 사랑 내
포근히 품긴

보내 주신 학비
봉투를 받아

대학 노-트를 끼고

쏴아아아—

늙은 교수의 강의
들으러 간다.

생각해 보면 어린 때 동무들
하나, 둘, 죄다 잃어버리고

나는 무얼 바라
나는 다만, 홀로 침전하는
것일까?

인생은 살기 어렵다는데

시가 이렇게

쉽게 씌어지는 것은
부끄러운 일이다.

육첩방은 남의 나라,

쏴 아 아

창밖에 밤비가
속살거리는데,

등불을 밝혀 어둠을 조금 내몰고,
시대처럼 올 아침을 기다리는
최후의 나,

나는 나에게 작은 손을 내밀어
눈물과 위안으로 잡는
최초의 악수.

시 쓰기는 절대 쉽지 않아.

이게 어떻게 쉬울 수 있어?

하지만 그런 시 쓰기가 쉬운 일이라고 부끄러워할 만큼

윤동주 아저씨는 독립운동을 하던 다른 사람들한테 미안했던 거지.

생각해 보면 처음 누군가가 직접 종이에 적었던 거잖아.

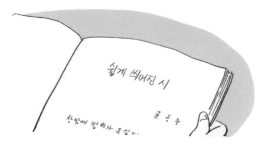

한 글자씩, 이렇게 힘들어하면서.

한 번도 그런 식으론
생각 안 해 봤던 것 같아.

왜지?
작가 이름이 이렇게
뻔히 제목 옆에
있는데.

… 응…?

지금 이거….

"너무 애써서
잘하려고
하지 말고,

짤깍

짤깍

그냥 마음
내키는 대로
쓰면 어떨까?"

한 70년쯤 전에
윤동주란 사람이 살았다니
살아 있던 사람이 아니라
원래부터 존재하던 사람 같아

교과서에 있는 시도
원래부터 있었던 것 같지만
실은 누군가 하나씩 적은 거야
그땐 컴퓨터도 없었으니까

쓰다 보니 드는 생각은
원래부터 있던 게 있기나 할까?
뭐든 만든 사람이 있을 텐데
이 책상도, 연필도, 종이도,

이 시도.

쏴

아

아

!

쉽게 씌어진 시

윤
동
주

창밖에 밤비가 속살거려
육첩방은 남의 나라,

시인이란 슬픈 천명인 줄 알면서도
한 줄 시를 적어 볼까,

땀내와 사랑 내 포근히 품긴
보내 주신 학비 봉투를 받아

대학 노—트를 끼고
늙은 교수의 강의 들으러 간다.

생각해 보면 어린 때 동무들
하나, 둘, 죄다 잃어버리고

나는 무얼 바라
나는 다만, 홀로 침전하는 것일까?

인생은 살기 어렵다는데
시가 이렇게 쉽게 씌어지는 것은
부끄러운 일이다.

육첩방은 남의 나라.
창밖에 밤비가 속살거리는데,

등불을 밝혀 어둠을 조금 내몰고,
시대처럼 올 아침을 기다리는 최후의 나,

나는 나에게 작은 손을 내밀어
눈물과 위안으로 잡는 최초의 악수.

메시지

숙제 검사

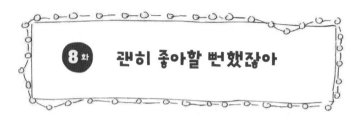

8화 괜히 좋아할 뻔했잖아

이번 수행 평가로 낸 시들, 잘 읽어 봤다.

대충 쓰지 말라고 그렇게 말했건만.

장난으로 쓴 사람들은 수행 평가 성적을 기대해도 좋다.

아~

왜요~!

그래도 몇몇 눈에 띄는 작품들도 있었다.

특히 장보혜.

깜짝

보혜 네가 국어 시간에 관심을 보인 적은 딱히 없었던 것 같은데….

혹시 윤동주 시인한테 원래부터 관심이 있었니?

아, 아뇨.

음… 그럼 윤동주 시인이 쓴 「자화상」이라는 시도 한번 읽어 보렴.

좋은 시란다.

그리고 아마 몇몇 시들은 축제 때 전시도 될 거야.

보혜 네 것도 포함해서 말이야.

잘했다.

고생하셨습니다~

자, 그럼 오늘 수업은 여기까지.

짝짝!

아야

뭐야, 장보혜! 시 같은 건 전혀 관심 없는 것처럼 그러더니! ㅋㅋ

없어~ 지금도. 관심 같은 거.

뭐야... 칭찬은 다 받아 놓고...

142

… 음….

… 맞아.
나도 이런 생각을
할 때 있는데.

뭔가 막연히
원래부터 있었던
거라고 생각할 때.

나중에서야
그렇지 않다는 걸
깨달을 때가 많지.

좋은데?

형식 같은 걸 떠나서 너무 좋다!

… 그래요?

… 실은 칭찬도 조금… 받았어요.

축제 때 전시도 될 거래요.

진짜?! 대박이네~!

부모님한테도 말씀드려~! 좋아하시겠다.

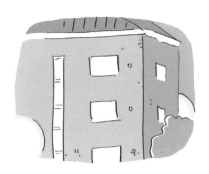

다녀오셨어요.

비리릭-

그래.

후-.
엄마 물 한 잔만
줄래?

응.

… 잘됐구나.

그래도 다른 공부 게을리하지 마라.

엄마 이렇게 매일매일 힘들게 사는 거 보이지.

그나저나 요즘 네 아빠한테 따로 연락 오거나 그런 건 아니지?

… 응.

시라고? 그거 괜히 시간만 잡아먹는 거 아니니?

아니야. 수행 평가여서 내신 성적에도 반영되는 거야.

그래? ··· 잘됐구나.

국어 선생님이 알려 준 시 「자화상」에는

우물에 비친 자기 모습을 보는
사람이 나온다.

그 사람은 자신의 모습이 괜히 미워 보여서
그냥 돌아가지.

그러다가 문득 스스로 좀 가엾단 생각이 들었는지

우물로 다시 돌아가 본다.

그러나 여전히 우물 속에는

자기가 싫어하는 모습
그대로가 보일 뿐…….

쳇. 잘도 표현했네.

쓸데없이
맞아떨어지지
말라고….

자화상

윤
동
주

　산모퉁이를 돌아 논가 외딴 우물을 홀로 찾아가선 가만히 들여다봅니다.

　우물 속에는 달이 밝고 구름이 흐르고 하늘이 펼치고 파아란 바람이 불고 가을이 있습니다.

　그리고 한 사나이가 있습니다.
　어쩐지 그 사나이가 미워져 돌아갑니다.

　돌아가다 생각하니 그 사나이가 가엾어집니다. 도로 가 들여다보니 사나이는 그대로 있습니다.

　다시 그 사나이가 미워져 돌아갑니다.
　돌아가다 생각하니 그 사나이가 그리워집니다.

　우물 속에는 달이 밝고 구름이 흐르고 하늘이 펼치고 파아란 바람이 불고 가을이 있고 추억처럼 사나이가 있습니다.

영화 감상

윤동주 시인에게 조금 관심이 생겨 영화 「동주」를 보기로 했습니다.

음? 흑백 영화야? 왠지 재미없을 것 같은데….

… 재밌잖아?!

조금 울었음

9화 날씨 좋네요

맞선으로 만난 혜원 씨와
조금 더 만나 보기로 했습니다.

생각보다 잘 맞았거든요.

혜원 씨의 아버지는

아버지 공장의 주요 거래처 중 한 곳의 사장님입니다.

만약 내가
혜원 씨를 계속
만난다면…

그건 반드시
혜원 씨라서
여야만 해.

그치만 내가 혹시라도,

아주 깊은 마음속 한구석에라도….

와~
시를 읽어 주는
재즈 다방이라니.

콘셉트 너무
독특해요!

저도 언제 한번
놀러 가도 돼요?

그럼요!

혜원 씨도 시 좋아해요?

음… 전 사실 시보다 소설을 좋아하긴 하지만…

딱 하나 외우고 있는 시가 있긴 해요.

우아, 뭔데요?

「너를 기다리는 동안」.

황지우
시인이 쓴 시에요.

그런데…

사실 영길 씨한테
이런 얘길 해도 될지
모르겠어요.

?

왜요?

고등학교 때
첫사랑이랑 관련이
있거든요. ㅎㅎ

하하, 괜찮아요.
말해 주세요! 궁금해요.

고등학교 축제 때 일인데요,

밴드부에서 공연을 했는데

보컬이었던 친구한테 눈길이 갔어요.

왜냐하면 그 친구가 불렀던 노랫말이
정말 좋았거든요.

그래서인가,
그 친구가 너무 멋있어 보이는 거예요.

밴드부실로 가는 복도 쪽에 저희 반이 있었거든요.

그 뒤론 복도에
그 친구가 지나가기만
기다리는 거죠.

오~

누군가를 기다려 본 사람은
아마 알 거예요.

너였다가

너였다가

너일 것이었다가

다시 문이 닫힌다.

국어 시간에 교과서에서 본
그 시 한 구절 한 구절이

너무 제 마음이라서 그만

툭 하고 눈물이 나와 버렸어요.

착- 하고 만나는 느낌이 들었죠.

그 시랑요.

착-

멋지네요. 혜원 씨처럼 시를 외우고 있는 사람은 거의 본 적 없어요.

어머, 그래요? 저 희귀한 사람이군요.

그래서 이젠
확신이 드는
사람을 만나면,

절대 그냥 흘려보내진
않을 거예요.

너를 기다리는 동안

황
지
우

네가 오기로 한 그 자리에

내가 미리 가 너를 기다리는 동안

다가오는 모든 발자국은

내 가슴에 쿵쿵거린다

바스락거리는 나뭇잎 하나도 다 내게 온다

기다려 본 적이 있는 사람은 안다

세상에서 기다리는 일처럼 가슴 애리는 일 있을까

네가 오기로 한 그 자리, 내가 미리 와 있는 이곳에서

문을 열고 들어오는 모든 사람이

너였다가

너였다가, 너일 것이었다가

다시 문이 닫힌다

사랑하는 이여

오지 않는 너를 기다리며

마침내 나는 너에게 간다

아주 먼 데서 나는 너에게 가고

아주 오랜 세월을 다하여 너는 지금 오고 있다

아주 먼 데서 지금도 천천히 오고 있는 너를

너를 기다리는 동안 나도 가고 있다

남들이 열고 들어오는 문을 통해
내 가슴에 쿵쿵거리는 모든 발자국 따라
너를 기다리는 동안 나는 너에게 가고 있다.

착어(着語): 기다림이 없는 사랑이 있으랴. 희망이 있는 한, 희
망을 있게 한 절망이 있는 한. 내 가파른 삶이 무엇인가를 기
다리게 한다. 민주, 자유, 평화, 숨결 더운 사랑. 이 늙은 낱말
들 앞에 기다리기만 하는 삶은 초조하다. 기다림은 삶을 녹슬
게 한다. 두부 장수의 풍경 소리가 요즘은 없어졌다. 타이탄
트럭에 채소를 싣고 온 사람이 핸드 마이크로 아침부터 떠들
어 대는 소리를 나는 듣는다. 어디선가 병원에서 또 아이가 하
나 태어난 모양이다. 젖소가 제 젖꼭지로 그 아이를 키우리라.
너도 이 녹 같은 기다림을 네 삶에 물들게 하리라.

그날 밤 1

그날 밤 2

그날 밤
영길은 왠지
잠이 잘 오지
않았습니다.

10화 오늘의 시는

저번에 쓴 시도 되게 좋았잖아.

......

아뇨, 전혀 관심 없거든요?

어디 가시면 하루 건너뛰면 되잖아요.

전 가게 일이나 하고 있을 테니까요.

이것도 가게 일이잖아.

아까 보혜에겐 호기롭게
월급을 5천 원 더 주겠다고 했지만

실은 그럴 만한 상황은 안됩니다.

이번 달은 수익이 좀 안 좋은데다 자잿값까지 올라서

적자거든요.

그래서 원치 않지만 아버지 공장에
알바를 하러 가는 길이죠.

어릴 때부터 일을 도와서 제 나름 고급 인력이거든요.

위이잉 ——

알바 한 명
월급도
못 주는 놈이
무슨 사업을
한다고…

공장 일손이야
항상 부족하니
나로선 뭐
상관없다만,

그 재즈다방인가
뭔가는 그렇게
안되냐?

위이잉 ~~

초기 비용이야 조금 들었지만,

가성비가 좋으니 금세 흑자로 돌아설 테지.

너는 언제쯤 흑자 낼래?

빌려 간 돈을 갚기는커녕

되려 여기 와서 알바나 하고 있잖냐.

멀쩡히 다니던 회사 관두고 그 재즈인지 시인지 읽어 주는 다방 한다고 할 때,

그때 더 말릴 것을 그랬다.

네가 사업 자금 빌려 달라고 했을 때도 빌려주지 말았어야 했어.

기계보다도 가성비가 떨어지니… 쯧쯧.

위이잉

일하다 가거라.

임금은 나중에 네 통장으로 보내 두마.

187

「신문지 밥상」이라는 시가 있다.

신문지를 깔고 밥을 먹을 때,
신문지 펴라고 말하면
그냥 신문지지만

밥상 펴라고
말하면 신문지도
밥상이 된다는,

말이 갖는 힘에 대해 말한 시.

음?

가성비가 높다.
가격 대비 성능이 좋다는 말.

말 자체에 무슨 문제가 있을까.
어디에, 어떻게 쓰느냐에 따라 다른 거지.

새로 들어온 요놈들이
나 같은 늙은이 몇 사람
몫을 해 버리니,

내가 봐도…

이제 우리 같은 사람들은
가성비가 너무 떨어지는겨.

그 시에 나오는 가족은
신문지를 밥상으로 쓸 만큼 가난하지만,

어머니는 사람을 따뜻하게 하는 말을 한다.

아버지, 당신은 부자일진 몰라도,

너무 차가워요.

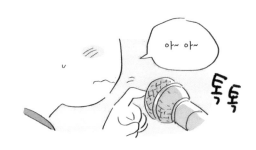

신문지 밥상

정
일
근

더러 신문지 깔고 밥 먹을 때가 있는데요

어머니, 우리 어머니 꼭 밥상 펴라 말씀하시는데요

저는 신문지가 무슨 밥상이냐며 궁시렁 궁시렁 하는데요

신문질 신문지로 깔면 신문지 깔고 밥 먹고요

신문질 밥상으로 펴면 밥상 차려 밥 먹는다고요

따뜻한 말은 사람을 따뜻하게 하고요

따뜻한 마음은 세상까지 따뜻하게 한다고요

어머니 또 한 말씀 가르쳐 주시는데요

해방 후 소학교 2학년이 최종 학력이신

어머니, 우리 어머니의 말씀 철학

인터뷰

최근에
한 선택 중
가장 후회되는
것은?

… 아들놈에게
사업 자금을
빌려준 것.

최근에
한 선택 중
가장 후회되는
것은?

… 아버지에게
돈을 빌린 것.

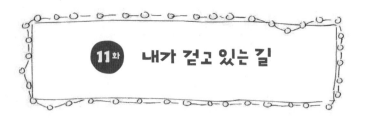

11화 내가 걷고 있는 길

근데 그런 건 왜?

… 진로 계획서 써 가는 것땜에요.

전공 계획이라든지 좌우명이라든지… 뭐 그런 것들요.

근데 솔직히 전 잘 모르겠어요.

얼마 전에 담임 쌤이 그러시더라고요.

너네들 대학 등록금에, 생활비에, 교통비까지 하면 얼만 줄 알아?

한 학기에 천만 원이야, 천만 원!

그러니까 잘 선택하라고.

대충대충 써 오지 말라고 하신 말씀이었겠지만 더 모르겠어요.

한 학기에 천만 원씩 들여서 전공을 했는데 막상 해 보니까 그 길이 아니면 어떡해요?

좌우명 같은 것도 그래요.

초등학교 이후로 한 번도 생각해 본 적 없는데.

사장님은 좌우명 있어요?

응, 있어. 요즘 좌우명은 '아니면 말고'.

203

요즘 좌우명이요?
뭐 좌우명이
여러 개예요?

응. 그때그때
바뀌는걸?

얼마 전까진
'굶어 죽지 않을
만큼만'이었어.

....

뭐야.
설마 너…

인간이 언제나
한결같아야 한다고
생각하는 건 아니지?

아뇨. 사장님답네요.

나는 아버지가
밀어붙여서
공대를 갔어.

근데 지금 와서
생각해 보면…

다니면서 금방 알게 됐지.
'아, 이 길은 내 길이 아니구나' 하고.

나는 시 읽고 음악 듣는 걸 좋아하는 애였으니까.
전혀 안 맞았지.

그때쯤 이 재즈다방에 대한 아이디어가 생각났어.

잠자리에 누워서도 계속 재즈다방에 대한 생각이 나고…

막 설레서 잠이 잘 안오는 기분 있잖아.

떠밀리듯 공대에 갔을 때랑은 정말 달랐지.

근데 또 다음 날
아침이 되면
걱정이 앞을 가렸지.

막상 회사 관두고
시작했다가 망하면
어떡하나 싶고…
미치겠더라고.

그런데 당시에
읽고 있던 시집에서

어떤 시를
읽게 됐어.

「우주인」이라는 시였어.

얼마나 힘드는 일인가

기댈 무게가
없다는 것은

걸어온 만큼의
거리가 없다는 것은

그땐 진짜 우주에서
고립된 사람처럼
한 치 앞이 막막하고
캄캄했거든.

그런 마음을 너무
잘 표현했더라고.

읽는데 이런 생각이 들더라.

좀 삐뚤삐뚤 걸어도
괜찮지 않을까?

나중에 문득 돌아보니까
좀 삐뚤삐뚤 걸어왔더라도

그래도 괜찮잖아.

일단 걸어 보자.

그래서 이렇게 다방 차려서 엄청 삐뚤삐뚤 걷고 있는 중이잖아. ㅋㅋ

암튼 너무 일자로 가려고 하면 힘이 드니까, 보혜 너도 조금 맘 편히 생각해 봐~ ㅎㅎ

아···
그래서 좌우명이
'아니면 말고'···.

··· 음?

··· 잠깐만,
그러고
보니···

사장님. 저번에 사장님 대신 시 한 번 읽었던 학생 말예요.

아~ 네. 보혜라고 저희 알바생이에요.

그날 어땠어요?

그 친구… 목소리가 좋던데요?

긴장해서인지 말이 조금 빠르긴 했지만… 톤도 좋았고요.

앞으로도 종종 그 친구가 시를 읽게 해 보시는 건 어때요?

… 보혜야.

혹시… 성우 같은 쪽은 어때?

우주인

김
기
택

허공 속에 발이 푹푹 빠진다
허공에서 허우적 발을 빼며 걷지만
얼마나 힘드는 일인가
기댈 무게가 없다는 것은
걸어온 만큼의 거리가 없다는 것은

그동안 나는 여러 번 넘어졌는지 모른다
지금은 쓰러져 있는지도 모른다
끊임없이 제자리만 맴돌고 있거나
인력(引力)에 끌려 어느 주위를 공전하고 있는지도 모른다

발자국 발자국이 보고 싶다
뒤꿈치에서 퉁겨 오르는
발걸음의 힘찬 울림을 듣고 싶다
내가 걸어온
길고 삐뚤삐뚤한 길이 보고 싶다

길

그날 밤
귀갓길에

오랜만에
god의 「길」
이라는 노래를
들었습니다.

방황하던
대학생 시절
많이 들었던
노래이기 때문이죠.

오랜만에
들으니까
너무 좋다.

나는
왜 이 길에
서 있나~♪

이게
진정 나의~
길인가~♪

아이고~
거 조용히 합시다,
오밤중에.

아앗,
네… 죄송….

나도 모르게
그만;;;;

12화 강철로 된 무지개

...
성우라고요?

그날 네 목소리가
너무 좋아서

평소에 내가
읽었을 때보다 시가
훨씬 와닿았다고.

그래서
앞으론 나보다
보혜 네가 많이 많이
읽어 주면
좋겠다고. ㅎㅎ

같은
내용이라고 해도

누가, 어떻게
읽느냐에 따라 많이
달라질 수 있다는 걸
느꼈지.

부우웅ㅡ

그러니까 앞으로
너한테 종종 시
읽게 해도 괜찮지?
ㅋㅋ

아주 시키기만
해 봐라….

그날 내가 가게에서 읽은 시는 이육사의 「절정」이었다.

그날 솔직히 별로 읽고 싶진 않았다.

그냥 사장님이 갑자기 읽으라니까
교과서를 뒤적거렸을 뿐이다.

아, 갑자기
뭘 읽냐고,
진짜….

그런데

왜 하필 그 시에 눈길이 갔을까?

한발 재겨디딜 곳조차 없
이러매 눈 감아 생각해 볼밖에
겨울은 강철로 된 무지개인가 보다

아아-

부끄럽지만···
오늘은 '시 읽어
주는 여자'
입니다.

매운 계절의 채찍에 갈겨

마침내 북방으로 휩쓸려 오다

하늘도 그만 지쳐
끝난 고원

서릿발 칼날진
그 위에 서다

어데다 무릎을 꿇어야 하나?

한 발 재겨디딜 곳조차 없다

이러매 눈 감아 생각해 볼밖에

오늘은 좀 듣기
좋다, 그치. ㅋㅋ

음, 평소랑
다른 사람이네?

겨울은

강철로 된
무지갠가 보다.

짝…

성우 되는 법 " 타고난 목소리만으로 되나요!

http://www.yotube.com/bhcarbtoo

2010. 06. 01

2046차 성우 겸직 000 외의 인터뷰 ...

딸깍

성우가 하는 일은?

'- 아동이 우리네 성격출연 ...

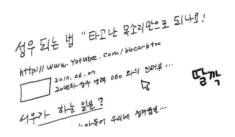

딸깍

딸깍

절정

이
육
사

매운 계절의 채찍에 갈겨
마침내 북방으로 휩쓸려 오다

하늘도 그만 지쳐 끝난 고원
서릿발 칼날진 그 위에 서다

어데다 무릎을 꿇어야 하나?
한 발 재겨디딜 곳조차 없다

이러매 눈 감아 생각해 볼밖에
겨울은 강철로 된 무지갠가 보다.

성우1

귀가 간지럽다

13화   성우라고요

237

응. ㅋㅋㅋ 딱히 되고 싶은 것도 없고, 그냥 건물주 돼서 돈이나 많이 벌고 싶다니까

너는 무슨 학생이 이렇게 꿈이 없냐고. ㅋㅋㅋ

암튼, 그래서 너는 뭐라고 썼는데?

뭐, 성우? 성우라고?!

2 - 5

238

대박! 야, 너 혼자 그렇게 성실하게 쓰기 있냐?

네 목소리가 좀 좋긴 하지만.

근데 내 목소리가 진짜 괜찮나?

응! 나에 비하면 천사지 천사! ㅋㅋㅋㅋ

실은 나도 너 목소리 꽤 좋아서

방송반? 그런 거 하면 잘 어울리겠다~ 하고 생각한 적 있었어.

근데 너는 어차피 그렇게 나설 애가 절대 아니니까 말 안했지. ㅋㅋ

근데 언제부터 그렇게 구체적인 꿈이 생기셨대~?

… 그런 거 아니거든!

그냥 뭐라도 써야 할 것 같은데 모르겠어서 알바 사장님한테 얘기해 봤더니,

보혜야 혹시…

갑자기 성우는 어떠냐고 그러잖아. 손님들한테 요청이 많이 들어왔다고 하면서.

실은 얼마 전에…

알바하는 카페에서 시… 시를 낭독했거든.

탁!

진짜?? 보혜 네가 사람들 앞에서 시를?!

야, 내가 너 저번에 수행 평가 때도 딱 알아봤다니까!

그래서 ㅋㅋㅋ 라디오 같은 데서 시도 읽어 주고 그런 성우 되시게?

야, 그만해라 진짜. ㅋㅋ

주변에서 자꾸 얘기하니까 일단 쓴 것뿐이지,

별로 생각 없어~ 네 말대로 나서는 거 딱 질색이기도 하고.

야, 장보혜.

으응? 왜;;

너, 우리 얼마 전에 배웠던 시에 나오는 사람이랑 똑같은 거 알아?

「산이 날 에워싸고」 이 시.

그 시에서도 산이 '자연에서 살아라~' 하고 시킨다 하지만

그게 실은 자기 마음이 그런 거잖아. 산이 시키는 게 아니라.

너도 그렇지 않아?

사장님이나 누가 해 보라 하니까 마지못해 썼다 하지만,

실은 너도 성우 해 보고 싶은 마음이 있는 거 아냐?

국어 쌤!

퇴근 안 하세요?
저흰 이만 갈 건데.

아, 네~ 먼저 가세요.
전 하던 것만 마저
하고 가려고요.

휴…
전화 돌리는 것도
일이네, 일.

어디 보자,
그럼 다음은….

뚜르르-
뚜르르-

네, 한강생명
이금희입니다.

여보세요?
보혜 어머님
번호 맞나요?

네, 그렇습니다.
누구시죠?

끼익-

안녕하세요.
저는 보혜 담임을
맡고 있는 국어 교사
황희찬이라고
합니다.

아… 네,
선생님. 안녕하세요.
신세 많이 지고
있습니다.

그런데 무슨 일로….

혹시 보혜가 무슨 문제라도 일으켰나요?

아, 아뇨!

그런 건 전혀 아니고요, 옛날처럼 가정 방문까지 하진 못하더라도

올해부턴 부모님들과 전화 통화라도 하려고 연락드렸습니다.

250

보혜는 문학성도
꽤 있는 것 같아서,
그런 쪽도 잘
할 겁니다.

어머니도
많이 응원해
주세요.

......

...... 성우라고요.

산이 날 에워싸고

박
목
월

산이 날 에워싸고
씨나 뿌리며 살아라 한다
밭이나 갈며 살아라 한다

어느 짧은 산자락에 집을 모아
아들 낳고 딸을 낳고
흙담 안팎에 호박 심고
들찔레처럼 살아라 한다
쑥대밭처럼 살아라 한다

산이 날 에워싸고
그믐달처럼 사위어지는 목숨
그믐달처럼 살아라 한다
그믐달처럼 살아라 한다

진로 상담

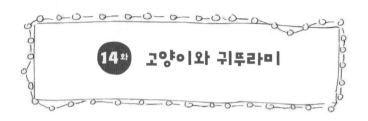

14화 고양이와 귀뚜라미

255

다녀오셨어요.

그래.

……

감도 안 잡히는
직업 생각 말고,

지금은
공부나 해.

… 그냥
공부만 해?
아무 생각 없이?

그래. 지금은
아무 생각 말고
공부해야 할 때야.

어차피 인생이
맘대로 흘러가는
것도 아니고,

직업은 나중에
얼마든지 정할 수
있어. 공부만
해 두면.

왜
그래야 해?

… 뭐?

엄마 말대로
어떻게 흘러갈지도
모르는데,

왜 그래야 하냐고.
어차피 미리 준비해도
소용없는 거잖아.

너 지금 그걸
말이라고 하니?

춥겠다야. 아무리 초여름이라도.

이렇게 비 오는데.

교무실

… 사실 쌤은 많이 놀랐단다.

보혜 네가 시나 성우에 관심이 있다는 걸 알고서 말야.

그 정도까진 아닌데….

너희 또래가
시 같은 데
별 관심 없다는 거,
누구보다 잘 알고
있거든.

보고 자란 매체
자체가 우리 때랑은
많이 다르니까.

시험에도 많이
안 나오고 말야.

뭐
유튜브
라든지···.

하지만
말이다,

그래도 나는
시를 가르치는 일이
의미 없다고
생각하진 않는다.

우리 학교 교과서엔 안 실려 있어서 아쉽지만,
「귀뚜라미」라는 시가 있거든?

콘크리트처럼
딱딱한 요즘 같은
시대야말로

이런 시가 조금은
필요하지 않나 하는
생각이 든단 말이지.

아무튼 보혜 너를 응원한다는 말을,
어쩌다 보니 이렇게 돌려 말했구나.

그땐 선생님의
말들이 오글거린다고
생각했다.

하지만 그 시에 나오는
귀뚜라미처럼

나도 누군가에겐
위로가 될 수도 있을까?

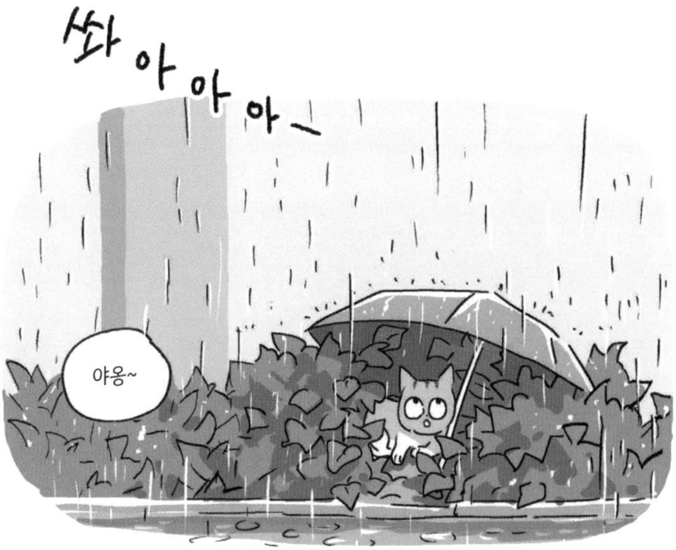
쏴아아아~
야옹~

귀뚜라미

나
희
덕

높은 가지를 흔드는 매미 소리에 묻혀
내 울음 아직은 노래 아니다.

차가운 바닥 위에 토하는 울음,
풀잎 없고 이슬 한 방울 내리지 않는
지하도 콘크리트 벽 좁은 틈에서
숨 막힐 듯, 그러나 나 여기 살아 있다
귀뚜르르 뚜르르 보내는 타전 소리가
누구의 마음 하나 울릴 수 있을까.

지금은 매미 떼가 하늘을 찌르는 시절
그 소리 걷히고 맑은 가을이
어린 풀숲 위에 내려와 뒤척이기도 하고
계단을 타고 이 땅 밑까지 내려오는 날
발길에 눌려 우는 내 울음도
누군가의 가슴에 실려 가는 노래일 수 있을까.

누구지?

15화 어떤 사람을 사랑하나요?

보혜가 평소에도
살가운 스타일은 아니지만…

오늘따라 표정이 좀 더 좋지 않은 것 같습니다.

시 낭독은…
그냥 다음에
부탁하자.

까똑!

응?

영길 씨! 오늘 끝나고
시간 돼요? 저 가고
싶은 곳 있는데. ㅎㅎ

혜원 씨 ♡

아이고, 힘들어~ 여기였어요, 가자는 곳이? 낙산공원.

체력이 왜 이렇게 약해요?

네. 엊그제 비 와서 공기도 좋잖아요~ 좀 앉아 쉴까요?

그나저나 저 언제 초대해 줄 거예요?

네?

영길 씨 다방에 한번 놀러 오라면서요~ 시 낭독도 들려준다고.

276

네? 아~ 그럼요.
언제든 놀러 와요!

시 낭독도
제가…

… 아니다.

제가
다음에 보혜한테
시 낭독 부탁할 건데
그때 놀러 와요.

보혜가
누군데요?

저희 가게
알바생이요.

얼마 전에 제가
자릴 좀 비워야 해서
'시 읽어 주는 남자'
코너를
부탁했었거든요.

근데 손님들 반응이 꽤 좋은 거예요! 보혜 목소리가 좋다고요.

제 목소리는 느끼하고 갈라진다던데⋯.

호호~ 영길 씨가 좀 그렇긴 하죠.

네, 그래서 근무 시간에 시 낭독을 종종 부탁하고 싶은데,

요즘 보혜 표정이 좀 안 좋더라구요.

진로 상담이 잘 안됐는지⋯.

제가 성우 쪽은 어떠냐고 추천했거든요.

성우요? 그거 괜찮은데요?

보혜 목소리도
좋다면서요.

맞아요.
제가 볼 때도 꽤 잘
어울릴 것 같아서요.

근데 요즘…
음… 뭐랄까,

보혜 얼굴에서
가끔 그늘이
보이는 것 같아요.

어딘가 좀 눌려 있는 느낌이랄까…

왠지 마음이 좀 쓰여요.

용기를 주고 싶기도 하고요.

그렇군요….

그늘이라…

혹시 영길 씨, 「내가 사랑하는 사람」 이라는 시 알아요?

아뇨, 몰라요.

'그늘'이나 '눈물' 같은 것들도 전부 의미가 있다는 내용의 시에요.

오히려 그늘을 모르는 사람, 눈물을 모르는 사람을 자신은 사랑하지 않는다고요.

영길 씨 말대로 만약 보혜라는 그 친구 얼굴에 그늘이 있다면…

네가 사업한답시고 나한테 빌려 간 돈이다.

너도 사업을 하고 있으니, 돈의 무게를 모르진 않겠지.

이건 그 몇십 배가 달려 있는 일이야.

넌 그 말을 해야 해.

… 갚을게요.

뭐?

갚는다고요,
그 돈.

그러니까
아버지가 어떤
의도로 맞선 자리를
만드셨든,

더 이상 혜원 씨와 저의 관계를 이용해서

털끝만큼이라도 얻으려고 하지 마세요.

그러시는 순간,

바로 관계를 끝낼 거니까요.

이거 진심이에…

짝!

… 쓸모없는 놈.

……

… 차라리…
날 뭘로 보는 거냐며
펄쩍 뛰시길 바랐어요.

순순히
인정하시네요.

내가 사랑하는 사람

정
호
승

나는 그늘이 없는 사람을 사랑하지 않는다
나는 그늘을 사랑하지 않는 사람을 사랑하지 않는다
나는 한 그루 나무의 그늘이 된 사람을 사랑한다
햇빛도 그늘이 있어야 맑고 눈이 부시다
나무 그늘에 앉아
나뭇잎 사이로 반짝이는 햇살을 바라보면
세상은 그 얼마나 아름다운가

나는 눈물이 없는 사람을 사랑하지 않는다
나는 눈물을 사랑하지 않는 사람을 사랑하지 않는다
나는 한 방울 눈물이 된 사람을 사랑한다
기쁨도 눈물이 없으면 기쁨이 아니다
사랑도 눈물 없는 사랑이 어디 있는가
나무 그늘에 앉아
다른 사람의 눈물을 닦아 주는 사람의 모습은
그 얼마나 고요한 아름다움인가

가출까진 아니지만

오늘은 가게에서 자기로 했습니다.

......

가출까진 아니지만… 왠지 들어가고 싶지 않아요.

… 어우, 너무 춥뜨아아-!

맨바닥이라 한기가 곧바로 올라오잖아!

뭔가 다른 수가….

벌떡!

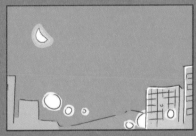

조금은 낫지만… 집이 좋긴 좋구나.

여러분, 가출은 웬만하면 하지 마세요.

16화 멀리 있는 별들

자, 그럼… 오늘은 여기까지.

보혜야~ 잠깐 이리 좀 와 볼래?

네, 선생님. 무슨 일이세요?

저 왔어요.

응, 보혜 왔어…?

휴, 오늘은 다행히 손님이 많이는 없어~

아이고, 뼈근해라. 아고고….

다행히라뇨. 사장이 그러면 어떡해요.

왜 그래요?

뭔가 초췌해
보이는데요.

응?
아아….

실은 어제 가게에서
잠을 잤더니….

멀쩡한 집 놔두고요?

후····

어딘가 좀 눌려 있는 느낌이랄까…

왠지 마음이 좀 쓰여요.

용기를 주고 싶기도 하고요.

그렇군요….

……

저녁 어스름 내리는
서쪽으로

유수(流水)와 같이
흘러가는 별이 보인다.

우리도 별을 하나 얻어서

꽃초롱 불 밝히듯
눈을 밝힐까.

우아…
진짜네요.

너무 예쁘다.
「작은 연가」라는
시가 절로 생각나네.

전혀요.

그보단
눈 주변을 가리니까
별이 잘 보인다는 건
확실히 알겠어요.

그치?
멀리 있는
희미한 별들을
보기에는

우리 눈 주변에
이미 빛이 너무
많았던 거야.

멀리 있는 걸
잘 보려면

오히려 주변을
가려야 할 때도
있거든.

......

… 사장님.

?

응?

작은 연가

박
정
만

사랑이여, 보아라
꽃초롱 하나가 불을 밝힌다.
꽃초롱 하나로 천 리 밖까지
너와 나의 사랑을 모두 밝히고
해 질 녘엔 저무는 강가에 와 닿는다.
저녁 어스름 내리는 서쪽으로
유수(流水)와 같이 흘러가는 별이 보인다.
우리도 별을 하나 얻어서
꽃초롱 불 밝히듯 눈을 밝힐까.
눈 밝히고 가다가다 밤이 와
우리가 마지막 어둠이 되면
바람도 풀도 땅에 눕고
사랑아, 그러면 저 초롱을 누가 끄리.
저녁 어스름 내리는 서쪽으로
우리가 하나의 어둠이 되어
또는 물 위에 뜬 별이 되어
꽃초롱 앞세우고 가야 한다면
꽃초롱 하나로 천 리 밖까지
눈 밝히고 눈 밝히고 가야 한다면.

동아리

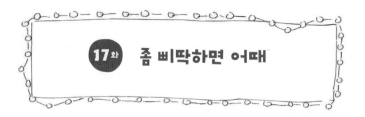

17화 좀 삐딱하면 어때

사장님은 잘 다니던 회사 그만두고 카페를 차렸잖아요.

그렇게 할 때 무섭거나 그러진 않았어요?

혹시라도 망하면 어떡해요.

저는 뭔가
하려고 할 때마다

너무 무서워요.

'나중에 안되면 어떡하지?'

KBC

KBC 공채 21기 성우 채용 결

불합격

'나중에 후회하면 어떡하지?'

성적 또
떨어졌더구나.

설마 아직도
동아리에서
방송인가 뭔가
하고 그러는 건
아니지?

'아 역시 그냥 하지 말걸…'

이런 생각이 먼저 들어 버려요.

사장님은 살면서 안 그랬어요?

음… 나라고 왜 안 그러겠어. ㅋㅋ

내가 어렸을 때 있잖아,

318

방학 때 집에 있었는데

문득 찰흙으로 말 인형을
만들어 보고 싶은 거야.

그래서 재료를 사다가
신나게 만들었어.

엄청 재밌었지.

열심   열심

그런데 그때 갑자기 친구들이 집에 놀러 왔어.

그래서 만들고 있던 말을 보여 줬더니
친구들이 이런 말을 한 거야.

그런 말을 듣고 나니까

갑자기 남은 재료들이나
만들었던 시간들이

다 아깝게 느껴지고,
괜히 했다는 생각이 드는 거야.

'이럴 바에야
나 같으면
안 만들겠다.'

이 말 한마디에
완전히 K.O.
당한 거지.

내가
하고 싶어서
했는데,

별다른 수익도,
성과도 남기지
못했다는 생각이 들면
괜히 시간만 버렸다는
생각을 하게 되잖아.

근데
나는 그거,

동의하지
않아.

자꾸
그러니까

잘하지
못할 바엔 그냥
안 해 버리게
되거든.

나는 만들면서
재밌었는데

그런 건
의미 있다고
해 주는 사람이
별로 없으니까.

보혜야, 뭔가 너무 증명하려고 애쓰지 않아도 돼.

나쁜 짓만 아니라면 할 수 있는 선에서 뭐든 해 봐.

만약 그것 때문에 다른 문제가 생기면,

그때 또 최선을 다해 해결하면서 가면 되는 거야.

사람들은 누군가가 내키는 대로 그냥 한다거나,

흔히 말하는 탄탄한 길로 가지 않으면

'너 왜 삐딱선 타냐'고들 하잖아.

덜컹

덜컹

덜컹

네, 지금까지
옥상별빛의
「사랑이란」
들려 드렸습니다.

싱그러운 아침이네요.
학생들이라면
한창 등교를 하고
있을 때인데요,

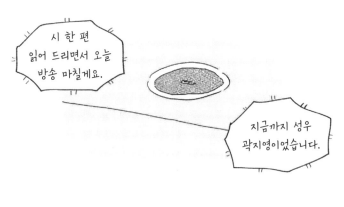

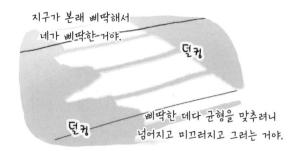

참외밭 참외도 살구나무 살구도
처음엔 삐딱하게 열매 맺지.

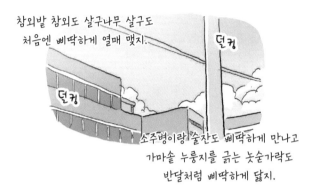

소주병이랑 술잔도 삐딱하게 만나고
가마솥 누룽지를 긁는 놋숟가락도
반달처럼 삐딱하게 닳지.

그러니까 말이다.

네가 삐딱한 것도

좋은 열매란 증거야.

그때 왜 제 등에

소름이 돋았을까요?

내 마음하고 딱 맞는
시를 만나면

등에 소름이
돋거든.

부스럭

부우웅-

삐딱함에 대하여

이
정
록

지구본을 선물받았다.
아무리 골라도 삐딱한 것밖에 없더라.
난 아버지의 싱거운 농담이 좋다.
지구가 본래 삐딱해서 네가 삐딱한 거야.
삐딱한 데다 균형을 맞추려니
넘어지고 미끄러지고 그러는 거야.
그래서 아버지는 맨날 술 드시고요?
삐딱하니 짝다리로 피워야 담배 맛도 제대로지.
끊어 짜슥아! 아버지랑 나누는 삐딱한 얘기가 좋다.
참외밭 참외도 살구나무 살구도
처음엔 삐딱하게 열매 맺지.
아버지 얘기는 여기서부터 설교다.
소주병이랑 술잔도 삐딱하게 만나고
가마솥 누룽지를 긁는 놋숟가락도 반달처럼 삐딱하게 닳지.
그러니까 말이다. 네가 삐딱한 것도 좋은 열매란 증거야.
설교도 간혹 귀에 쏙쏙 박힐 때가 있다.
이놈의 땅덩어리와 나란히 걸어가려면 삐딱해야지.
난 아버지의 주름살 윙크가 좋다.
끊어 짜슥아! 구두 뒤축처럼
내 말 삐딱하니 듣지 말고.

꿈

18화 **가래를 뱉자**

사람을 행복하게
사람은행

네, 김영길 씨…

사람을 행복하게.
HM 사람은행

사업운전자금 1억
융자 처리 다 되었고요,
오늘 중으로 입금될 거예요.

틱
타닥
틱

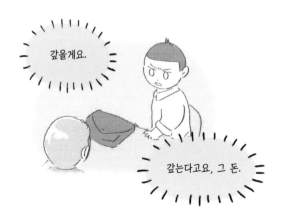

그냥 지금이라도 모르는 척 넘어가면…

아버지에게 빌린 채로 그냥 두면 이자도 안 나갈 텐데.

사실 카페도 지금 한 푼이 아쉬운데….

보혜야,

뭔가 너무 증명해 내려고 애쓰지 않아도 돼.

그때
보혜에게 했던
말은…

실은
나 자신에게
했던 말.

나 역시 여전히 아버지에게
증명해 보여야만 하니까,

자유롭지 못하니까,
자꾸 흔들리니까,

그러지 말라고, 나에게 하는 말.

그리고 해야 할 일이 하나 더 있지.

어떻게 말을 해야 좋을까?

보혜에게는 용기 내라고 해 놓고, 정작 나는 그러질 못하네….

영길 씨!

아, 혜원 씨…! 여기요.

… 저기,

영길 씨.
오늘 무슨 일
있어요…?

뭔가 고민 있어
보여서요.

… 그래.

꿀꺽-

용기를 내자!

혜원 씨에게
말을 해야만 해.

그래야 정리가
될 것 같아….

343

…

… 혜원 씨.

어떻게 말해야 좋을지 모르겠지만

혜원 씨에게 예전부터 하고 싶은 말이 있었어요.

사실 여기서 혜원 씨랑 처음 만났던 맞선 자리요,

… 실은 저희 아버지가 다른 걸 기대하면서 절 보낸 거예요.

혜원 씨네
아버지 회사가…

저희 아버지 공장의
제일 큰 거래처라서요.

아버지 말을
거역할 수가 없었어요.

카페 사업 자금을…
아버지한테
빌렸거든요.

처음에는 가볍게
얘기만 나누고 들어갈
생각이었어요.

아버지에게 성의만
보이면 된다고
생각했으니까요.

그런데 혜원 씨랑
대화해 보고 생각이
달라졌어요.

계속
얘기하고 싶고,
다음에도 또 보고
싶었어요.

그리고
혜원 씨에 대한
마음이 커지면
커질수록…

혜원 씨에게
빚을 진 것처럼
마음이 무거웠어요.

그래서 다가가고
싶어도 어느 선 이상
다가갈 수가
없었어요.

이 부분에 대해
풀지 않는 한….

저 사실…
오늘 대출받고
오는 길이에요.

아버지에게
빌린 사업 자금,
갚으려고요.

이런 저라도 괜찮다면…
조금만 더 지켜봐 줄래요?

혜원 씨한테,
그리고 저 자신한테

떳떳한 모습으로
혜원 씨 만나고
싶어요.

고마워요, 혜원 씨.
그리고 미안해요.
조심히 들어가세요.

네, 영길 씨.
말하기 힘들었을 텐데
용기 내 줘서 고마워요.
연락드릴게요.

휴우…
잘한 걸까.

실망…
… 했겠지?

… 당연하지…
나 같아도….

352

더 이상 아버지에게
빚진 건 없어.

눈

김
수
영

눈은 살아 있다
떨어진 눈은 살아 있다
마당 위에 떨어진 눈은 살아 있다

기침을 하자
젊은 시인이여 기침을 하자
눈 위에 대고 기침을 하자
눈더러 보라고 마음 놓고 마음 놓고
기침을 하자

눈은 살아 있다
죽음을 잊어버린 영혼과 육체를 위하여
눈은 새벽이 지나도록 살아 있다

기침을 하자
젊은 시인이여 기침을 하자
눈을 바라보며
밤새도록 고인 가슴의 가래라도
마음껏 뱉자

상담

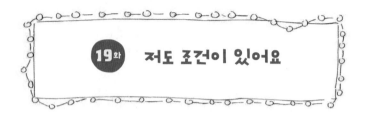

19화 저도 조건이 있어요

아버지에게 빚을 갚았습니다.

이런저런 언성이 오갔지만,
굳이 말해 뭐하겠어요.

그래도 후련합니다.

이제야 온전히 제 가게인 것
같은 느낌이 들거든요.

빚더미에 올라앉긴 했지만…

휴….

어서 오세…

엥?!

후후….

혜… 혜원 씨…!?

안녕하세요.

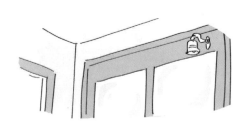

우아~ 예쁜 카페네요~!

두리번 두리번

꼭 한번 와 보고 싶었는데!

무엇보다 어디서 흉내 낸 느낌이 아니라,

진짜 영길 씨가 좋아하는 것들로 채워 놓은 느낌이 나서 좋아요.

사장님, 누구예요?

이… 있어, 그런 사람….

속닥

연애 쪽으론 쑥맥일줄 알았는데, 의외네요.

됐으니까 커피나 두 잔 갖다 줘…!

영길 씨
바보죠.

네…?

영길 씨가 어제
했던 이야기요.

이미 어느 정도는
알고 있었는걸요.

부모님끼리
뭔가 이야기를
주고받으셨다는
것쯤은…

그래서 만약 영길 씨가 다른 기대를 가지고 절 만났다면, 아마 저부터 그만하자고 했을 거예요.

그래도 고마워요~ 솔직히 말해 줘서요.

아녜요.

키이잉-

그나저나 저 애가 그 보혜예요? 귀엽네요~!

머리는 자연 갈색이려나? 나돈데...

그죠.

근데 시 낭송은 안 해요? 보혜 목소리도 궁금했는데.

그게 좀....

361

아마도… 당분간은 보혜랑 같이 일하지 못할 것 같아요.

대출까지 받은 이상 아르바이트까지 쓰긴 힘들 것 같아서요….

조만간 말을 해야 하는데…

입이 잘 안 떨어져요.

제가 사업을 조금만 더 잘했다면… 이런 일도 없었을 텐데 말이에요.

영길 씨.

네… 네?!

제가 보기엔
보혜 씨도,
영길 씨도, 아직
멀었어요.

영길 씨는 작년에
막 사업을 시작한
초보고,

보혜 씨는
이제 막 자신이 뭘
좋아하는지 찾기 시작한
고등학생이고요.

아직 어~엄청
초창기잖아요,
둘 다.

아직 이뤄 놓은 것도 없으니 앞으로 훨씬 잘될 여지가 많아요.

그러니까 힘내요.

힘내서 보혜 씨한테도 보여 줘요.

포기하지 않으면,

좋은 일이 생길지도 모른다는 걸요.

웃차, 그럼 저는 슬슬….

아… 가려고요?

네. 직원 앞에서 사장이 너무 놀면 회사가 망하는 법이에요.

보혜 씨 다시 고용하려면 얼른 가서 일해요!

사장님 고생하셨습니다~

저기 보혜야, 잠깐만 얘기 좀 해도 될까?

… 그렇군요.

괜찮아요, 사장님. 잘리는 건 익숙한데요, 뭐.

이렇게 말해 줘서 고마워요.

응, 미안해.

그 사람의 손을 보면

천
양
희

구두 닦는 사람을 보면
그 사람의 손을 보면
구두 끝을 보면
검은 것에서도 빛이 난다
흰 것만이 빛나는 것은 아니다

창문 닦는 사람을 보면
그 사람의 손을 보면
창문 끝을 보면
비누 거품 속에서도 빛이 난다
맑은 것만이 빛나는 것은 아니다

청소하는 사람을 보면
그 사람의 손을 보면
길 끝을 보면
쓰레기 속에서도 빛이 난다
깨끗한 것만이 빛나는 것은 아니다

마음 닦는 사람을 보면
그 사람의 손을 보면
마음 끝을 보면
보이지 않는 것에서도 빛이 난다
보이는 빛만이 빛은 아니다
닦는 것은 빛을 내는 일

성자가 된 청소부는
청소를 하면서도 성자이며
성자이면서도 청소를 한다.

이해가 안 되네

그럼 가 볼게요, 영길 씨~

보혜 씨도 잘 있어요.

잘 가요. 연락할게요, 혜원 씨~!

안녕~

안녕히 가세요.

… 흠….

헤~~

혜원 언니 이해가 안 되네….

너… 너 그게 무… 무슨 의미야. ;;

이름 짓기

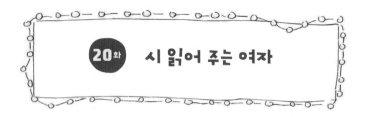

얘 이름은 '찡고'라고 지었어요.

무슨 뜻인지는… 저도 몰라요.

어쩌다 보니 저희 29재즈다방의
마스코트가 돼 버렸죠.

찡고야~
꺄~~
귀여워!

덕분에 손님도 좀 늘었고요.

알고 보니 관심받기를 엄청 좋아하는
개냥이었더라구요.

근데
사람들이 저렇게
만지면 스트레스
받지 않을까?

하긴 뭐
귀찮으면 알아서
안쪽 집으로
들어가니까~

사장님은 처음에는 바보 같고
이상한 사람인 줄 알았는데,

지금 보면 꽤 괜찮은 사람인 것 같아요.
여자친구도 멋지고요.

저기,
오늘은

한 가지
제안하고 싶은 게
있어서 왔어요.

네, 뭔데요?

아뇨,
사장님 말고….

아… 저요?

네.

혹시 성우 알바 한번 안 해 볼래요?

성우… 알바요?

네.

실은 제 딸이 애니메이션과를 다니고 있는데요.

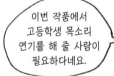

이번 작품에서 고등학생 목소리 연기를 해 줄 사람이 필요하다네요.

그런데 내가 문득 학생이 떠올랐거든요.

예전에 사장님 대신
학생이 시를 읽었을 때

왠지 기억에 남았었나 봐요.

마침 필요한 목소리도
학생하고 나이 대가
딱 맞더라고요.

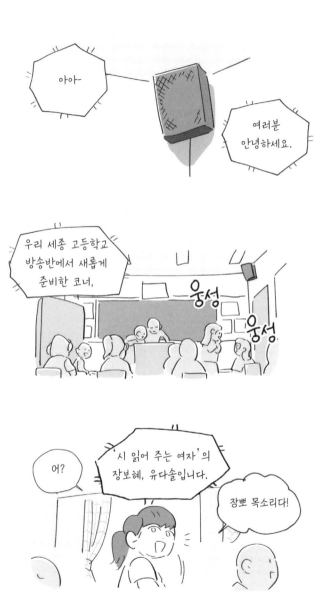

391

첫사랑

고
재
종

흔들리는 나뭇가지에 꽃 한번 피우려고
눈은 얼마나 많은 도전을 멈추지 않았으랴

싸그락 싸그락 두드려 보았겠지
난분분 난분분 춤추었겠지
미끄러지고 미끄러지길 수백 번,

바람 한 자락 불면 휙 날아갈 사랑을 위하여
햇솜 같은 마음을 다 퍼부어 준 다음에야
마침내 피워낸 저 황홀 보아라

봄이면 가지는 그 한 번 덴 자리에
세상에서 가장 아름다운 상처를 터뜨린다

저세상 귀여움

이 고양이는 무엇이에요? 너무 귀엽잖아요….

그쵸! 혜원 씨도 강아지 기른다면서요. 송이였나? 데리고 와요, 한번.

안 돼요… 송이는 고양이를 좋아해서 산책하다가 보이면 막 다가가는데요.

저번에 엄청 귀엽게 생긴 고양이에게 한 대 맞았거든요.

퍽!

껑!

※100% 실화임.

그때부터 고양이만 보면 주저앉는다구요!

흠… 그치만 그것도 나름대로 귀엽네요.

첫 방송

고재종 (1957~) ● 1984년 실천문학사의 신작시집『시여 무기여』를 통해 작품 활동을 시작했다. 시집『바람 부는 솔숲에 사랑은 머물고』, 『새벽 들』, 『사람의 등불』, 『날랜 사랑』, 『쪽빛 문장』 등을 냈다.

김기택 (1957~) ● 1989년『한국일보』신춘문예에 시「꼽추」가 당선되어 작품 활동을 시작했다. 시집『태아의 잠』, 『바늘구멍 속의 폭풍』, 『사무원』, 『소』, 『껌』 등을 냈다.

김수영 (1921~1968) ● 1945년『예술부락』에 시「묘정(廟庭)의 노래」를 실으며 작품 활동을 시작했다. 시집『달나라의 장난』을 냈고, 사후 시선집『거대한 뿌리』, 산문집『시여 침을 뱉어라』 등이 간행되었다.

나희덕 (1966~) ● 1989년『중앙일보』신춘문예에 시「뿌리에게」가 당선되어 작품 활동을 시작했다. 시집『뿌리에게』, 『그 말이 잎을 물들였다』, 『어두워진다는 것』, 『말들이 돌아오는 시간』 등을 냈다.

박목월 (1916~1978) ● 1939년에『문장』을 통해 문단에 나왔으며, 1946년에 조지훈, 박두진과 함께『청록집』을 발간하여 청록파로 불리었다. 시집에『산도화』, 『청담』, 『경상도의 가랑잎』, 『무순』 등이 있다.

박정만 (1946~1988) ● 1968년『서울신문』신춘문예에 시「겨울 속에 봄 이야기」가 당선되어 작품 활동을 시작했다. 시집『잠자는 돌』, 『서러운 땅』, 『슬픈 일만 나에게』 등을 냈다.

신동엽 (1930~1969) ● 1959년『조선일보』신춘문예에 장시「이야기하는 쟁기꾼의 대지」가 당선되어 작품 활동을 시작했다. 1963년 시집『아사녀』를 출간했고 사후에『누가 하늘을 보았다 하는가』 등이 간행되었다.

윤동주 (1917~1945) ● 1936년『카톨릭 소년』에 동시를 발표하며 작품 활동을 시작했다. 일본 유학 중이던 1943년 경찰에 체포되어 1945년 감옥에서 작고했다. 1948년 유고 시집『하늘과 바람과 별과 시』가 출간되었다.

이상 (1910~1937) ● 1930년『조선』에「12월 12일」을 발표하면서 문단에 나

왔다. 이후 「이상한 가역반응」, 「거울」, 「오감도」 등의 시와 「날개」, 「봉별기」, 「종생기」 등의 소설, 「권태」, 「산촌여정」 등의 수필을 발표했다.

이육사 (1904~1944) ● 1937년 윤곤강 등과 함께 동인지 『자오선(子吾線)』을 발간하였다. 민족 운동과 관련된 혐의로 체포되어 베이징 감옥에서 옥사하였다. 작품에 시집 『청포도』, 유고집 『육사 시집』이 있다.

이정록 (1964~) ● 1989년 『대전일보』 신춘문예에 시 「농부 일기」가 당선되어 작품 활동을 시작했다. 시집 『벌레의 집은 아늑하다』, 『의자』, 『정말』, 『눈에 넣어도 아프지 않은 것들의 목록』 등을 냈다.

이조년 (1269~1343) ● 고려 시대의 문신. 시문에 뛰어났으며, 시조 1수가 전한다.

장석주 (1955~) ● 1975년 『월간문학』 신인상에 시 「심야」가 당선되어 등단했다. 시집 『햇빛사냥』, 『어둠에 바친다』, 『붕붕거리는 추억의 한 때』, 『붉디붉은 호랑이』, 『헤어진 사람의 품에 얼굴을 묻고 울었다』 등을 냈다.

정일근 (1958~) ● 1984년 『실천문학』 5권에 시 「야학 일기 1」 등을 발표하며 작품 활동을 시작했다. 시집 『바다가 보이는 교실』, 『착하게 낡은 것의 영혼』, 『기다린다는 것에 대하여』 등을 냈다.

정호승 (1950~) ● 1972년 『한국일보』 신춘문예에 동시, 1973년 『대한일보』 신춘문예에 시가 당선돼 작품 활동을 시작했다. 시집 『슬픔이 기쁨에게』, 『외로우니까 사람이다』, 『포옹』, 『밥값』, 『여행』 등을 냈다.

천양희 (1942~) ● 1965년 『현대문학』에 시 「화음」 등이 추천되어 등단했다. 시집 『신이 우리에게 묻는다면』, 『마음의 수수밭』, 『너무 많은 입』 『나는 가끔 우두커니가 된다』, 『새벽에 생각하다』 등을 냈다.

황지우 (1952~) ● 1980년 『중앙일보』 신춘문예에 시 「연혁」이 입선되어 작품 활동을 시작했다. 시집 『새들도 세상을 뜨는구나』, 『게 눈 속의 연꽃』, 『어느 날 나는 흐린 주점에 앉아 있을 거다』 등을 냈다.

작품 출처	시인	작품명	출처
	고재종	첫사랑	『쪽빛 문장』 (문학사상사, 2004)
	김기택	우주인	『사무원』 (창비, 1999)
	김수영	눈	『김수영 전집 1 시』 (민음사, 2003, 개정판)
	나희덕	귀뚜라미	『그 말이 잎을 물들였다』 (창작과비평사, 1994)
	박목월	사투리	『박목월 시 전집』 (이남호 엮음, 민음사, 2003)
	박목월	산이 날 에워싸고	『박목월 시 전집』 (이남호 엮음, 민음사, 2003)
	박정만	작은 연가	『박정만 시 전집』 (해토, 2005)
	신동엽	껍데기는 가라	『신동엽 시 전집』 (강형철·김윤태 엮음, 창비, 2013)
	윤동주	쉽게 씌어진 시	『정본 윤동주 전집』 (홍장학 엮음, 문학과지성사, 2004)
	윤동주	자화상	『정본 윤동주 전집』 (홍장학 엮음, 문학과지성사, 2004)
	이상	거울	『이상 전집 1 시』 (권영민 엮음, 태학사, 2013)
	이상	가정	『이상 전집 1 시』 (권영민 엮음, 태학사, 2013)
	이육사	절정	『원전 주해 이육사 시 전집』 (예옥, 2008)
	이정록	삐딱함에 대하여	『처음엔 삐딱하게』 (김남극 외, 창비교육, 2015)
	이조년	이화에 월백하고	『정본 시조 대전』 (심재완 편, 일조각, 1984)

장석주	대추 한 알	『붉디붉은 호랑이』 (애지, 2005)
정일근	신문지 밥상	『착하게 낡은 것의 영혼』 (시학, 2006)
정호승	내가 사랑하는 사람	『내가 사랑하는 사람』 (열림원, 2014, 신개정판)
천양희	그 사람의 손을 보면	『마음의 수수밭』 (창비, 2019, 개정판)
황지우	너를 기다리는 동안	『게 눈 속의 연꽃』 (문학과지성사, 1990)

[마음 시툰] 너무 애쓰지 말고

초판 1쇄 발행 • 2020년 5월 29일
초판 2쇄 발행 • 2022년 12월 29일

글·그림 • 앵무
시 선정 • 박성우
펴낸이 • 강일우
편집 • 김현정
조판 • 이주니
펴낸곳 • (주)창비교육
등록 • 2014년 6월 20일 제2014-000183호
주소 • 04004 서울특별시 마포구 월드컵로 12길 7
전화 • 1833-7247
팩스 • 영업 070-4838-4938 / 편집 02-6949-0953
홈페이지 • www.changbiedu.com
전자우편 • textbook@changbi.com

ⓒ 앵무 박성우 2020
ISBN 979-11-89228-77-4 44810
ISBN 979-11-89228-73-6 (세트)

＊ 한국만화영상진흥원 2019 연재만화 제작 지원 사업에 선정된 작품입니다.
＊ 이 책 내용의 전부 또는 일부를 재사용하려면
   반드시 저작권자와 (주)창비교육 양측의 동의를 받아야 합니다.
＊ 책값은 뒤표지에 표시되어 있습니다.